# CATALOGUE

DE BEAUX

# TABLEAUX ANCIENS

*Dont plusieurs provenant de Collections célèbres*

ŒUVRES REMARQUABLES DE P. P. RUBENS

**Importante Composition de J. B. TIEPOLO**

ET AUTRES DE

Amberger, Boucher, Boucquet, Cranach, Du Jardin, Fyt, Van Goyen
Hals, Kalf, Lépicié, Mierevelt
Van Spaendonck, Spranger, de Vos, etc., etc.

DONT LA VENTE AURA LIEU

## HOTEL DROUOT, SALLE N° 1

**Le Jeudi 4 Juin 1891**

A 3 HEURES 1/2

COMMISSAIRE-PRISEUR

**Me PAUL CHEVALLIER**

10, rue de la Grange-Batelière, 10

EXPERT

**M. EUG. FÉRAL, PEINTRE**

54, rue du Faubourg-Montmartre, 54

*Chez lesquels se trouve le présent Catalogue*

EXPOSITIONS

PARTICULIÈRE : *Le Mercredi 3 Juin 1891, de 1 h. à 5 h. 1/2.*

PUBLIQUE : *Le Jeudi 4 Juin, avant la vente, de 1 h. à 3 h. 1/2*

# CONDITIONS DE LA VENTE

Elle sera faite au comptant.

Les acquéreurs payeront *cinq pour cent* en sus des adjudications, applicables aux frais de la vente.

**Paris.** — Imprimerie de l'Art, E. Ménard et Cie, 41, rue de la Victoire.

# DÉSIGNATION

## TABLEAUX ANCIENS

### AMBERGER

Attribué à CHRISTOPHE

1 — *Portrait de Charles V.*

Vu jusqu'à la ceinture, assis et appuyé sur une table, tenant un livre et ses gants.

Il est tourné vers la droite, coiffé d'une toque, les cheveux frisés, moustache et barbiche blondes ; chemise blanche finement plissée ; vêtement rougeâtre sur lequel on aperçoit l'ordre de la Toison d'or en partie caché par un ample manteau plus foncé.

Dans le haut, ses armes placées entre deux colonnes et la devise : PLVSSOVLTRE.

Très curieux et remarquable portrait.

Toile. Haut., 68 cent.; larg., 48 cent.

## BELLINI

(Attribué à J.)

2 — *La Vierge et l'Enfant Jésus.*

La Vierge est vue à mi-corps, la tête couverte d'un voile blanc; elle tient l'Enfant Jésus, qui passe ses petits bras autour du cou de sa mère.

Au bas de ce tableau se trouve un cartouche avec la signature de *J. Bellini.*

Bois. Haut., 75 cent.; larg., 56 cent.

## BLÈS, DIT CIVETTA

HENRI

3 — *La Sainte Famille.*

La Vierge, vêtue d'une robe rouge, couverte d'un ample manteau, a sur ses genoux l'Enfant Jésus, qui tient un livre dont il tourne les feuillets.

A gauche, saint Joseph se penche sur une balustrade, tenant une fleur et un chapelet.

Fond de paysage.

Bois. Haut., 35 cent.; larg., 27 cent.

## BLÈS DIT CIVETTA

(HENRI)

4 — *Cérémonie funèbre.*

A droite, deux anges devant une riche habitation à tourelles.

Différents personnages entourent une fosse où des hommes déposent un cercueil; le prêtre jette l'eau bénite, trois personnages voilés disent les prières.

Au second plan, des constructions en ruine.

Fine et précieuse peinture de l'artiste, dans un cadre d'ébène.

Bois. Haut., 13 cent.; larg., 14 cent.

## BOUCHER

(F.)

5 — *Une Muse.*

Assise sur des nuages, elle tient un sceptre et une couronne d'or passée dans une épée.

Au-dessous, deux amours jouent avec des armes, un troisième voltige, tenant une banderole.

Gracieuse composition qui paraît être de la première manière de Boucher.

Cadre rocaille, en bois sculpté.

Toile. Haut., 90 cent.; larg., 1 m. 38 cent.

*(Provient de la collection Alexander Barker.)*

## BOUCQUET

(VICTOR)

6 — *Portrait d'un amiral espagnol.*

Vu à mi-corps, debout, la main droite appuyée sur une canne ; longue chevelure noire bouclée tombant sur ses épaules. Il porte un riche vêtement de velours noir à larges galons d'argent.

Fond de paysages avec draperie.

Toile. Haut., 1 m. 11 cent. ; larg., 80 cent.

1 5 J

revendu Richtenberger 1921, n. 31 - auj. Musée de Bruxelles -

## BRONZINO

(Attribué au)

6 *bis* — *Portrait de Rabelais.*

Vu en buste, coiffé d'une barrette ; moustache et barbiche blondes ; vêtement noir, avec petit col rabattu.

Bois. Haut., 45 cent.; larg., 37 cent.

## CLOUET

(École des)

7 — *Portrait du maréchal de l'Hôpital.*

Vu en buste, les mains appuyées sur une table, il tient une lettre.

La tête chauve, de trois quarts tournée vers la gauche, barbe blanche ; vêtement noir avec petit col blanc rabattu.

Bois. Haut., 32 cent.; larg., 26 cent.

## CRANACH

(LUCAS DE)

8 — *Portrait de Calvin.*

Il est vu jusqu'à la ceinture, de trois quarts. Tête légèrement chauve, cheveux ondulés d'un blond gris, barbe non rasée, vêtement noir.

Il tient un rouleau de papier.

La figure se détache sur un fond bleu clair.

Sur la droite, le monogramme de l'artiste formé d'un *L*. surmonté du Dragon ailé.

Précieux petit portrait.

Bois. Haut., 34 cent.; larg., 21 cent

## CRANACH

(LUCAS DE)

PENDANT DU PRÉCÉDENT

9 — *Portrait de Mélanchthon.*

Vu à mi-corps, la tête de trois quarts tournée vers la droite, le front découvert, les cheveux tombants, barbe en pointe et longue moustache. Vêtement noir avec chemise finement brodée.

Il tient un livre ouvert.

Fond bleu clair.

Sur la gauche, le monogramme de l'artiste.

Fin et précieux portrait, d'une bonne conservation.

Bois. Haut., 34 cent.; larg., 21 cent.

## CUYP

(ALBERT)

10 — *Portrait de femme.*

Elle est debout, vue à mi-corps, les mains croisées à la ceinture.

Fond gris avec tableau accroché au mur, représentant une vache au pâturage.

Cadre en bois sculpté.

Bois. Haut., 28 cent.; larg., 23 cent.

## DU JARDIN

(KAREL)

11 — *Pâturage d'Italie.*

Un cheval, une vache et deux moutons paissent sur un monticule verdoyant, sous la garde de deux petits bergers.

Dans le fond, une rivière serpente entre des coteaux.

Ciel bleu avec légers nuages.

Toile. Haut., 27 cent.; larg., 33 cent.

*(Provient de la collection San Donato.)*

## DURER

(D'après ALBERT)

12 — *Samson étouffant le lion.*

Bois. Haut., 33 cent.; larg., 27 cent.

## DYCK

(Attribué à ANTOINE VAN)

13 — *La Vierge et l'Enfant Jésus.*

La Vierge est assise, vue à mi-jambes, vêtue d'une robe rouge et d'un grand manteau bleu, un voile sur la tête, la main sur la poitrine. Elle se penche avec tendresse vers l'Enfant Jésus étendu sur ses genoux.

Belle peinture, d'une remarquable couleur.

Toile. Haut., 1 m. 35 cent ; larg., 96 cent.

## FRANCK

(JEAN-BAPTISTE)

14 — *La Galerie du duc d'Albe.*

800

C'est un vaste salon dont les murs sont tapissés de tableaux de maîtres parmi lesquels on reconnaît les Rubens, les Snyders, les paysages de Paul Bril, etc., etc.

Deux gentilshommes regardent une Vierge posée sur une chaise. A gauche, des savants regardent des estampes et discutent autour d'une table placée devant une large fenêtre.

Très curieux et intéressant tableau, d'une parfaite conservation.

Bois. Haut., 48 cent.; larg., 76 cent.

## FRANCK

15 — *L'Adoration des Mages.*

La Vierge, assise sur la gauche, tient l'Enfant Jésus. Les trois Mages sont auprès d'eux, l'un, agenouillé, présentant un vase d'or.

Saint Joseph et les serviteurs se trouvent au second plan.

Cuivre. Haut., 42 cent.; larg., 38 cent.

## FYT

(JOHANNÈS)

16 — *Oiseaux morts.*

Un héron suspendu par les pattes, deux perdrix et un geai posés à terre. A gauche, un chat.

Remarquable peinture du maître, d'une exécution ferme et d'une conservation parfaite.

Signé en toutes lettres.

Toile. Haut., 1 m. 10 cent.; larg., 78 cent.

## GOYEN

(JAN VAN)

17 — *Vue de Harlem.*

Sur le devant, une rivière et quelques bateaux dont un, les voiles déployées, est chargé de villageois. A gauche, une paysanne occupée à traire des vaches.

La rivière serpente vers la gauche, contournant la ville dont on aperçoit les églises et quelques moulins.

Beau et important tableau, signé du monogramme et daté 1650.

Cadre en bois sculpté.

Bois. Haut., 66 cent.; larg., 96 cent.

## GOYEN

(JAN VAN)

18 — *La Meuse, près Dordrecht.*

Au premier plan, un groupe de pêcheurs portant des paniers de poissons ; deux hommes, montés dans un canot, quittent le rivage ; plus loin, des bateaux les voiles déployées.

Ciel nuageux.

Signé du monogramme et daté 1653.

Bois. Haut., 32 cent.; larg., 43 cent.

## HALS

(DIRCK)

19 — *Les Danseurs.*

Une nombreuse compagnie est réunie dans un salon ; les uns assis causant et buvant ; les autres debout regardent deux danseurs, un jeune homme, le chapeau à la main, faisant face à une jeune femme vêtue d'une robe jaune. Sur la droite, un musicien pince du luth.

Bois. Haut., 60 cent.; larg., 83 cent.

## HALS

Attribué à FRANS

20 — *Un Fumeur.*

Il est à une fenêtre, la tête couverte d'un bonnet garni de loutre ; il porte une collerette plissée et tient sa pipe.

Bois. Haut., 18 cent.; larg., 14 cent.

## HEEM

(D. DE)

21 — *Le Déjeuner maigre.*

Un hareng dans un plat, une grappe de raisins, un citron entamé, un verre de vin du Rhin, etc., le tout posé sur une table en partie couverte d'un tapis.

Bois. Haut., 38 cent.; larg., 30 cent.

## HONDT

(H. DE)

DEUX PENDANTS

22 — *Campement* et *Marche d'armée.*

Compositions animées par de nombreux personnages.

Toiles. Haut., 40 cent.; larg., 60 cent.

## HOOG

(Attribué à PIERRE DE)

23 — *Les Joueurs de trictrac.*

Des jeunes gens sont réunis dans l'intérieur d'une maison hollandaise; groupés autour d'une table, ils semblent discuter les différentes péripéties du jeu.

Le fond, vers la gauche, est formé par un vitrage donnant sur une cour entourée de différentes constructions aux murs blancs vivement éclairés par le soleil. A droite, une porte ouverte sur un couloir.

Peinture sur cuivre, d'une coloration chaude et lumineuse.

Haut., 60 cent.; larg., 85 cent.

## JEAURAT

(STEPH.)

24 — *L'Oiseau mis en cage.*

Gracieuse pastorale, dans le sentiment de Boucher.
Signée en toutes lettres et datée 1758.

Toile. Haut., 63 cent.; larg., 52 cent.

## JEAURAT

(STEPH.)

25 — *L'Offrande du berger.*

Assis auprès d'un socle de pierre surmonté d'un vase, il tient une corbeille de fleurs et place une rose au corsage de sa fiancée.

Signé en toutes lettres et daté 1759.

Toile.

## JEAURAT

26 — *Portrait de jeune garçon.*

En buste, les cheveux blonds tombant sur les épaules. Habit rougeâtre boutonné sur la poitrine.

Toile. Haut., 38 cent.; larg., 30 cent.

**

## KALF

27 — *Objets divers.*

Un citron entamé, une grenade, un biscuit, dans des plats d'argent. Un bol en porcelaine contenant des olives, un réchaud, etc. ; le tout posé sur une table couverte d'un tapis et d'une serviette.

Toile. Haut., 98 cent.; larg., 85 cent.

## KESSEL

(JEAN VAN)

28 — *Oiseaux aquatiques.*

Des canards, et autres oiseaux, prenant leurs ébats au bord d'une rivière, sont surpris par deux chiens.

Bon tableau peint sur cuivre.

Haut., 20 cent.; larg., 28 cent.

## KEYSER

(THOMAS DE)

29 — *Portrait d'homme.*

Assis, vu jusqu'aux genoux, il tient un compas, la main droite appuyée sur le bras du fauteuil ; coiffé d'un chapeau à large bord, il porte un vêtement noir avec col blanc rabattu.

Cadre en bois sculpté.

Bois. Haut., 28 cent.; larg., 23 cent.

## KOBELL

30 — *Animaux au repos.*

Une vache, un taureau, et quelques moutons auprès de deux saules aux troncs noueux et aux branches brisées.

Bois. Haut., 20 cent.; larg., 24 cent

## LEEUW

(VAN DER)

31 — *Bergers et animaux.*

Deux vaches et deux moutons au repos. Un berger cause avec une femme montée sur un âne et tenant un enfant dans ses bras.

Vers le fond, des arbres sur un monticule et des collines à l'horizon.

Toile. Haut., 33 cent.; larg., 42 cent.

## LÉPICIÉ

(N. B.)

32 — *Le Petit Dessinateur.*

Assis sur une chaise de paille, il tient un portefeuille dont il tourne les feuillets.

A droite, une palette et des pinceaux posés sur une petite table.

Toile. Haut., 40 cent.; larg., 32 cent.

## MIEREVELT

(MICHEL)

33 — *Portrait de Frédéric-Henri, prince d'Orange-Nassau.*

Représenté en pied, de grandeur naturelle, couvert d'une cuirasse, la main gauche appuyée sur le pommeau de son épée et tenant à la droite le bâton du commandement.

Collerette plissée, écharpe en soie jaune croisée sur la poitrine ; son casque posé sur une table couverte d'un tapis de velours vert. Fond avec colonnes et draperies.

Portrait d'un beau caractère.

Toile. Haut., 1 m. 95 cent.; larg., 1 m. 18 cent.

## MIGNARD

(D'après P.)

34 — *Portrait de femme.*

Toile de forme ovale, dans un cadre sculpté.

## PIAZZETTA

35 — *Le Buveur.*

Vu jusqu'à la ceinture, il regarde le spectateur d'un air satisfait, lui montrant un verre à demi plein.

Toile. Haut., 71 cent.; larg., 53 cent.

## PORBUS

(École de F.)

36 — *Portrait de femme.*

En buste, les cheveux blonds relevés, collerette en fine guipure, vêtement blanc avec riches broderies, chaine et bijoux sur la poitrine.

Bois. Haut., 45 cent.; larg., 37 cent.

## POTTER

(D'après PAULUS)

37 — *Pâturage en Hollande.*

Des vaches et des moutons au repos, à l'ombre d'une rangée de saules ; au centre, un gentilhomme cause avec une jeune femme ; à droite, le fermier debout auprès d'une paysanne occupée à traire une vache.

On aperçoit, vers le fond, une riche habitation entourée d'arbres.

Bon tableau, admirablement éclairé par les rayons chauds et dorés du soleil couchant. Signé à gauche : *Paulus Potter.*

Bois. Haut., 36 cent.; larg., 48 cent.

## PRIMATICE

(École du

38 — *Composition allégorique figurant l'Abondance.*

C'est une jeune femme et deux enfants ; à l'un, elle donne le sein pendant que l'autre s'appuie sur son épaule, tenant des cerises qu'il écrase entre ses doigts.

Beau cadre en bois sculpté.

Toile. Haut., 70 cent.; larg., 60 cent.

## RAPHAEL

(Attribué à)

39 — *La Madone avec l'Enfant Jésus.*

La Vierge représentée à mi-jambes, presque de face, la tête légèrement inclinée sur l'épaule droite, est vêtue d'une robe rouge bordée de galons d'or et drapée dans un manteau vert passé sur la tête. Elle porte l'Enfant Jésus, dont la taille est ceinte d'une écharpe, et qui, d'un geste caressant, a posé ses deux mains au cou de sa Mère.

Fond sombre uni.

Dans la collection de Mme la baronne de L..., le tableau était attribué à Raphael.

Le doute involontaire que fait naître une si glorieuse attribution s'évanouit presque complètement en présence du tableau. Et, si l'on n'ose se montrer affirmatif dans une question de si haute importance, on peut du moins appeler l'attention sur une œuvre pleine de charme et d'une grâce indicible.

Bois. Haut., 81 cent.; larg., 53 cent.

*(Collection de Mme la baronne F. de L...)*

## REMBRANDT

(École de)

40 — *Femme nue, assise et accroupie.*

Bois. Haut., 15 cent.; larg., 12 cent.

## ROMBOUTS

41 — *Vue de Hollande.*

Au centre, une église entourée de quelques maisons; à droite, une rivière; sur le devant, quelques villageois, deux sont montés dans un canot.

Bois. Haut., 56 cent.; larg., 81 cent.

## RUBENS

(PIERRE-PAUL)

42 — *Le Mage grec.*

Vieillard à longue barbe blanche, il est revêtu d'un large manteau brodé et tient dans ses mains la coupe remplie d'or qu'il vient offrir.

Figure à mi-corps.

Bois. Haut., 65 cent.; larg., 50 cent.

## RUBENS

PIERRE-PAUL

43 — *Le Mage assyrien.*

Vu de profil, la barbe et les cheveux châtains, les épaules couvertes d'un manteau rouge, à frange d'or, il tient, à demi ouvert, le vase contenant l'encens.

Figure à mi-corps.

Bois. Haut., 65 cent.; larg., 50 cent.

Ces deux superbes peintures, d'une exécution magistrale et d'un admirable coloris, sont entièrement de la main du grand maître et de son plus beau temps. Il les fit pour la riche famille de Beauffort, où elles furent conservées jusqu'en 1876. Vendues à ce moment par suite du décès d'un membre de la famille, elles passèrent dans la collection John Wilson.

Gravées à l'eau-forte, par Waltner.

## RUBENS

(D'après P. P.)

44 — *La Sainte Famille.*

Placée sur un trône élevé, au-dessus de quelques marches. Un saint évêque et des petits anges sont en adoration.

Bois. Haut., 70 cent.; larg., 46 cent.

## SANTERRE

45 — *Portrait présumé de Mme de Chevreuse.*

Elle est vue à mi-corps, tenant un loup; les cheveux poudrés, avec une petite toque surmontée de plumes; vêtue d'une robe de velours noir décolletée, à riches broderies d'or, une collerette autour du cou.

Cadre sculpté.

Toile Haut., 80 cent.; larg., 62 cent.

## SPAENDONCK

(CORNEILLE VAN)

46 — *Fleurs dans un vase.*

Des roses, des jacinthes, des tulipes, une branche de lilas, des oreilles d'ours, des pivoines, etc., dans un vase à anses, posé sur un socle orné de bas-relief.

A gauche, des fleurs de pavots dans un vase en terre cuite.

Le tout sur une table de marbre.

Beau tableau, signé en toutes lettres et daté 1793.

Toile. Haut., 80 cent.; larg., 63 cent.

(*Provient de la collection Martin Coster.*)

## SPAENDONCK

CORNEILLE VAN

PENDANT DU PRÉCÉDENT

47 — *Fruits et fleurs dans une corbeille.*

Des raisins noirs et blancs avec leurs ceps, des pêches et un ananas dans une corbeille d'osier; avec ces fruits, une branche de roses trémières, des jacinthes, des myosotis, des capucines, etc., sur une table de marbre.

A droite, un vase où se trouve perché un chardonneret; au-dessous, un nid, des figues, etc.

Beau tableau, signé en toutes lettres.

Toile. Haut., 80 cent.; larg., 63 cent.

*Provient de la collection Martin Coster.*

## SPRANGER

BARTHELEMY

48 — *Portrait de femme.*

Assise dans un fauteuil, la tête, vue de trois quarts, couverte d'une coiffe blanche. Robe noire, à larges manches, garnie de fourrure et ouverte autour du cou, laissant voir une chemisette à col finement brodé.

Elle tient un chapelet.

A gauche, ses armes attachées à un mascaron formé d'une tête fantastique.

Beau et curieux portrait, d'une bonne conservation.

Bois. Haut., 84 cent.; larg., 73 cent.

## SUSTERMANS

(Attribué à)

49 — *Portrait d'une jeune princesse.*

Vue jusqu'à la ceinture, la tête de trois quarts tournée vers la gauche; collerette plissée, manteau rouge à riches broderies d'or et bijoux sur la poitrine.

Toile. Haut., 75 cent.; larg., 60 cent.

## TÉNIERS, DIT LE PÈRE

(Attribué à DAVID)

50 — *La Fileuse.*

Une vieille paysanne est assise auprès de son rouet, tenant son dévidoir. Un réchaud placé près d'elle.

La chambre est éclairée par une lucarne de forme ovale.

Dans le fond, des tablettes où sont placés différents ustensiles de cuisine.

Toile. Haut., 32 cent.; larg., 25 cent.

## TERBURG

(Attribué à GÉRARD)

51 — *Jeune Dame dans son intérieur.*

Représentée debout devant une table, vue en pied et tenant un éventail; elle porte un jupon de satin blanc en partie caché par une ample robe noire.

Cadre en bois sculpté.

Toile. Haut., 77 cent.; larg., 58 cent.

## TIEPOLO

(J. B.)

52 — *Sujet religieux.*

1800

Au centre, la Vierge assise sur un trône, tenant dans ses bras l'Enfant Jésus ; à ses pieds, plusieurs saints personnages en adoration.

A gauche, un ange délivrant des condamnés qu'il retire des flammes.

Œuvre importante du maître, d'une exécution magistrale et de la plus admirable coloration.

Toile. Haut., 2 m. 20 cent ; larg., 6 m. 70 cent.

## VALLAYER-COSTER

(Mme)

53 — *La Vestale.*

Vue à mi-corps, vêtue d'une robe de soie blanche, elle tient une corbeille de fleurs.

Sur sa tête, un voile et une couronne.

Bois ovale. Haut., 15 cent.; larg., 12 cent.

## VAN LOO

(Attribué à CARLE)

54 — *Portrait de Marie Leczinska.*

Vue à mi-corps, robe de velours rouge décolletée, le manteau fleurdelisé sur ses épaules, la couronne de France placée auprès d'elle.

Cadre sculpté.

Toile. Haut., 80 cent.; larg., 70 cent.

## VOS

(DE)

55 — *Portrait d'homme.*

En buste, les cheveux frisés, moustache blonde, large collerette plissée, justaucorps blanc à boutons d'or; un manteau sur les épaules.

Très beau portrait, d'une grande finesse d'exécution et d'une coloration remarquable.

Bois. Haut., 52 cent.; larg., 42 cent.

## WOUVERMAN

(PHIL.)

56 — *Le Départ de l'hôtellerie.*

Dans un vaste hangar placé auprès d'une ferme, des cavaliers se disposent à partir pour la chasse, suivis de leurs chiens; l'aubergiste les salue; l'un des cavaliers remet ses bottes et se dispose à monter sur un cheval blanc qu'un jeune garçon tient par la bride.

A droite, une femme donne le sein à son nouveau-né, deux petits garçons jouent avec une chèvre.

On aperçoit, au second plan, des chevaux buvant dans une auge, des paysans chargeant du foin sur une charrette.

Charmant petit tableau, de la plus fine qualité et de la plus parfaite conservation.

Cadre en bois sculpté.

Cuivre. Haut., 18 cent.; larg., 27 cent.

## ÉCOLE ESPAGNOLE

57 — *Jeune Garçon.*

Vu en buste. Il est coiffé d'un chapeau à large bord et tient un bâton.

Toile. Haut., 45 cent.; larg., 35 cent.

## ÉCOLE FRANÇAISE

XVIe siècle

58 — *Portrait de Anne de Daillon du Lude, marquise de Ruffec.*

Mariée l'an 1567.

Toile. Haut., 73 cent.; larg., 60 cent.

## ÉCOLE FRANÇAISE

XVIe siècle

PENDANT DU PRÉCÉDENT

59 — *Portrait de Philippe de Volsvire, marquis de Ruffec.*

Toile. Haut., 73 cent.; larg., 60 cent.

## ÉCOLE FRANÇAISE

60 — *Jeune Fille à sa toilette.*

Cadre sculpté.

Toile. Haut., 28 cent.; larg., 22 cent.

## ÉCOLE HOLLANDAISE

61 — *Un Buveur.*

La tête couverte d'un chapeau à large bord, habit foncé avec col blanc rabattu, il tient un verre de bière.

Toile. Haut., 74 cent.; larg., 64 cent.

## ÉCOLE ITALIENNE

(XVe siècle)

62 — *La Vierge tenant dans ses bras l'Enfant Jésus.*

Dans le haut, un ange.
Très curieuse peinture, sur fond or.

Bois. Forme ogivale. Haut., 54 cent.; larg., 28 cent.

## ÉCOLE ITALIENNE

63 — *Saint Jean.*

Il est assis sur un rocher et tient la croix entourée d'une banderole.

Bois. Haut., 48 cent.; larg., 35 cent.

www.ingramcontent.com/pod-product-compliance
Ingram Content Group UK Ltd.
Pitfield, Milton Keynes, MK11 3LW, UK
UKHW021031260726
13994UKWH00005B/2071